KB207072

불완전한 것들의 기록

타투이스트 안리나 그리고 새기다

필름

함께 들으면 좋은 OST

Yang Su Hyeok - For Sita

나는 내 삶이 없었다. 늘 남의 시선에 맞춰 스
스로를 자르고 구기기 일쑤였다. 그럴수록 나를
가볍게 생각하고 행동하는 사람들이 늘어났다.
언젠가는 다시 돌아올 것이라 믿었지만, 한번 구
겨진 나는 그대로 한참을 불필요한 먼지 따위를
몸에 묻힌 채 굴러다니기만 했다.

    오랜 시간이 지난 뒤, 아무도 관심 없던 구겨
진 나를 발견하고 본래의 모습대로 펴 주는 사람

들이 하나둘 생겨나기 시작했다. 그럼에도 오래된 구김은 쉽게 펴지지 않았다. 바닥에서 일어나는 일은 참 쉬웠는데, 찌든 얼룩을 지워내는 일에는 많은 시간이 필요했다. 나로 인해 상처받았을 누군가를 생각하며 죄책감에 시달렸고, 이내 그 죄책감은 구겨진 나를 가볍게 생각한 사람들을 원망하는 마음으로 바뀌어 갔다. 그렇게 많은 사람을 원망하고 스스로를 망가뜨리기 시작했다.

그동안 나는 포장지만 화려한, 소위 과대 포장된 사람이었다. 텅 빈 내면은 먼지로만 가득했고, 부스럭거리는 소리만 요란했다. 한때는 그것이 당연하다 생각했다. 이 포장지를 벗기까지 많은 시간이 걸렸다. 내 결함을 인정하고 모든 것을 내려놓고 시작해야 한다는 것이 무척이나 두려웠고, 그 과정에서 많은 고민과 혼란스러움이 공존했다. 남들이 나를 어떻게 볼지, 그 시선이 두려웠다. 몇 번이고 포기할까 싶었지만, 우여곡절 끝에 포장지를 벗어 던진 순간, 허무해지고 말았다. 아무도 나의 과정에 관심이 없었기 때문이다. 남들은 아무 생각도 없는데 혼자서만 남들의 시선이 두려워 고개를 숙인 채, 오들오들 떨고 있었던 것이다.

그렇게 포장지도, 어떠한 좋은 내용물도 존재하지 않은 채로 한참을 고민하다 결심했다. 진솔함으로 채우자고. 어려울 줄 알았는데 신기하게도 생각보다 쉬웠다. 솔직함이 이렇게 쉽고 간단한 문제라니. 참으로 놀라웠다. 나는 그동안 왜 먼지들을 안고 살아왔던 것일까. 하나씩 선물을 받는 느낌으로 속을 채워 나가며 먼지들을 털어 냈다. 다행히도 주변의 투명하고 속이 알찬 사람들 덕에 수월하게 해낼 수 있었다.

지금도 때때로 먼지가 들어와 나를 어지럽히
기도 하지만, 먼지를 털어 내는 데 이전만큼 오랜
시간이 걸리지 않는다. 앞으로 이보다 더 지저분
한 먼지가 낄 때도 있겠지만, 그때마다 내가 지나
온 시간을 생각하며 다시는 과대포장하지 말아
야지, 먼지들로 나를 채우지 말아야지, 생각한다.
절대로, 다시는.

목차

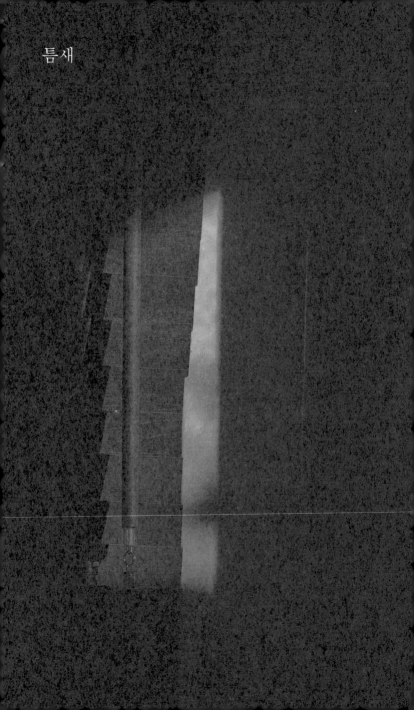

틈새

서울 도심은 빼곡히 높은 건물들로 채워져 있다. 하늘을 담기 위해 카메라를 켜면, 줄지어 늘어선 건물과 무수한 전깃줄이 숨이 막힐 정도로 시야를 가려버린다.

기댈 곳이라고는 존재하지 않을 것 같은 이곳에서 내게 위로를 주는 건 틈새로 비치는 예쁜 하늘이다. 좁은 틈새로 보이는 하늘은 답답하고 숨막히는 도심에서 유일한 탈출구 같다. 낯선 서울에서 치열한 하루하루를 버티게 해 주는 틈새.

24시간 잠들지 않는, 끝없이 빛나는 도시. 이곳에는 모든 것이 함께 공존한다. 추악하지만 아름다운 곳. 높은 건물만큼이나 높은 집값, 집 없는 설움과 하루살이와도 같이 꿈을 좇으며 버텨내고 있는 청년들. 벌어지는 빈부 격차와 큰 격차 틈으로 새어 들어간 사람들의 눈물과 한숨이 자욱하게 안개처럼 퍼져 간다.

무에서 유를 만들어 내기 위해 온몸이 부서져 가는지도 모른 채, 오늘도 아등바등 발버둥을 친다. 현실을 버텨 내기 위해 내게 휴식은 사치였다. 그렇게 한참을 달리다 잠시 주저앉았을 때 눈앞에 보이는 건, 건물들 틈새로 빛나는 노을이었다. 붉고 노란빛에서 점점 보랏빛으로 물드는 하늘이 마치 내 마음에 또 다른 우주를 담아 주는 것 같았다. 그렇게 짙은 어둠이 내릴 때까지 멍하니 하늘을 바라보다, 완전한 밤이 찾아오면 마음에 담긴 우주를 끌어안고 집으로 돌아왔다.

언젠가는 내가 원하는 꿈을 이루고 안도의 숨을 내쉬며, 여기까지 달려오느라 고생했다고 위로받는 날이 오기를. 그날을 위해 바지에 묻은 먼지를 탈탈 털어 내고 다시금 일어나 달린다.

사랑의 정의

내게 '사랑'은 상대방에게 바라는 것 없이 그 사람의 고통까지 안아 줄 수 있는 것이다. 사실 말로는 쉽지만 어디 그게 그리 쉬운 문제인가. 아낌없이 주는 만큼 사랑받고 싶은 것이 사람 마음이고 자꾸만 바라게 되는 것이 사람 욕심인데.

한때는 동화 속 이야기에 나오는 그저 따뜻하고 행복하기만 한 것이 사랑이라 생각했다. 하지만 사랑은 늘 따뜻한 것이 아니었고, 살얼음처럼 차가워 두 손이 꽁꽁 얼어붙을 것 같은 때도 있었다. 또 내게는 따뜻했던 사랑이 상대방에게는 차가웠을 수 있고, 내게는 차가웠던 사랑이 반대로 상대방에게는 따뜻했을 수도 있다. 이처럼 사랑은 절대적이 아닌, 지극히 상대적인 것이다. 받아들이는 사람에 따라 다른 온도로 작용한다.

그래서 나는 이제 더 이상 나와 같은 온도로 사랑을 요구하지 않는다. 모두가 자신에게 맞는 온도로 사랑한다는 것을 인정하고 받아들이게 된 것이다. 그러니 상대방에게 나와 같은 온도로 사랑해 달라고 매달릴 필요도 없다. 그저 자기 자신의 온도에 맞게 자신의 사랑에 충실하면 그만이다. 그것이 내가 생각하는 온전한 사랑이다.

© 김혜정

그렇게 우리는

얼마 전부터 동네에 못 보던 길고양이 한 마리가 보이기 시작했다. 온몸이 상처투성이였고, 먹지를 못했는지 뼈가 고스란히 보일 정도로 말라 있었다. 그러면서도 사람에 대한 경계가 심해 보였다. 도저히 그냥 지나칠 수가 없어 편의점에서 사료를 사와 앞에 놓아 주었다. 주저하며 경계를 하는가 싶더니, 어느덧 허겁지겁 사료를 먹기 시작했다. 무척이나 배가 고팠던 모양이다. 가까이서 보니 앙상하게 마른 몸이 더욱 안쓰러웠다.

"너도 나와 같구나."

상처를 받아 가시를 세우면서도, 결국은 누군가가 건네는 따뜻한 손길이 절실하게 필요했던 거다. 그렇게 상처를 받아도 다시금 내민 따뜻한 손길을 잡게 된다. 이처럼 우리는 모두 상처를 주고 상처를 받고, 다시금 치유하고 치유 받으며 살아가고 있는 것인지도 모르겠다.

엄마가 된다는 것

"어떻게 할 거야?"

"당연히 낳아야지. 내가 책임질게."

테스트기에 표시된 선명한 두 줄의 붉은 선. 임신이었다. 아무렇지 않은 듯 무심히 남자친구에게 테스트기를 건넸다. 아무렇지 않은 척 했지만, 사실 그 당시 나는 꽤나 긴장하고 있었다. 예상치 못했던 임신, 4개월밖에 되지 않은 짧은 연애 기간에 쉽사리 그의 대답을 예상하기 힘들었다. 그런데 너무도 태연히, 마치 그저 가벼운 질문에 당연한 대답을 하는 것처럼 그는 주저 없이 책임지겠노라 말했다.

오히려 그는 아무렇지 않았고, 걱정과 혼란스러움을 느낀 건 내 쪽이었다. 워낙 아이를 좋아했지만 내 아이가 생긴다는 것은 다른 문제였다. '과연 내가 잘할 수 있을까?' 매일이 혼란스러웠

다. 이제껏 느껴보지 못했던 책임감과 기분 변화
였다.

　처음 아이의 심장 소리를 듣고 난 뒤부터 시작
된 입덧은 숨 쉬는 것마저 고역일 정도로 심각했
다. 불러오는 배와 함께 끊어질 듯한 허리의 고통
과 저린 다리… 임신 기간 내내 우울증으로 너무
나도 힘들었다.

　그렇게 힘들었던 시간도, 결국 아이와 마주하
자 언제 그랬냐는 듯 모두 치유되었다. 무통 주사
에도 뼈로 느껴지던 상상할 수 없는 진통, 진통보
다 더 무서웠던 엄마로서의 책임감… 그 모든 것
들이 부질없어졌다. 세상 밖으로 나온 아이를 보
는 순간.

'엄마'가 된다는 것은 마치 회사원이었다가 카페 주인이 되는 것처럼, 쉽게 직업을 바꾸는 일이 아니다. 책임감과 희생, 인내… 지금까지의 내 삶과는 많은 것이 달라진다.

엄마가 되며 많은 시간과 건강을 잃었다. 그래, 나를 잃었다. 그러나 모래를 삼키고 진주를 만들어 내는 조개의 심정을 이때 알았다. 온몸이 부서질 것처럼 정신적, 신체적으로 고통스러워도 그 고통을 견디고 아이의 웃음을 보는 것. 그만한 행복이 없었다. 그 작은 입을 오물거리며 "엄마." 하고 옹알이를 하는 그 순간, 나는 진짜 엄마가 되었다는 것을 실감했다. 내 자신이 대견스러웠고, 새삼 아이가 이토록 사랑스러운 존재라는 것을 깨닫는다. 때때로 힘든 순간이 찾아오겠지만, '엄마'로서의 삶과 아이로 인해 좀 더 성장하리라 믿는다.

불완전한 것들의 기록

거짓말

2017년 4월 1일, 지인들이 보내 온 만우절 농담으로 한껏 들떠 있는데, 외할머니가 돌아가셨다는 거짓말 같은 연락을 받았다. '아, 오늘 만우절이었지. 그래, 그냥 거짓말일 거야.' 그렇게 믿고 싶었다. 이날만큼은 모두가 거짓말을 하며 즐거워하는데, 거짓말처럼 이 사실만은 그 누구도 "농담이야!"라고 웃어주지 않았다.

　　초등학생이 되기도 전에 부모님은 이혼을 하셨고, 슈퍼 뒤에 딸린 허름한 단칸방에 외할머니, 엄마, 오빠, 나, 여동생, 이렇게 다섯 식구가 함께 살게 되었다. 엄마는 자주 아프셨고, 외할머니께서 폐지 등을 주워 생계를 유지할 수 있었다. 뼈가 보이는 마른 손으로 폐지를 주우셨던 할머니는 몸은 무척 왜소했지만, 여장부라는 말이 잘 어울리는 강인한 사람이었다.

어느 날 할머니는 대장암에 걸리셨고, 늘 누워 지내야 했다. 안 그래도 마른 몸은 점점 더 앙상해져 갔고 얼굴은 빛을 잃어 갔다. 누워 지내야 하는 통에 늘 요양사분의 손길을 받아야 했는데, 할머니는 폐를 끼치는 것 같아 미안해하시며 종종 끼니를 거르곤 하셨다.

항상 남을 먼저 생각했던 할머니는 누구나 좋아할 만한 사랑스러운 분이었다. 비록 허덕이는 가난에 억척스러운 면도 있었지만, 어디에 가든 물건의 제값을 깎지 않으셨고, 늘 없는 살림에도 베푸는 것을 좋아하셨다.

할머니의 화장이 끝나자, 그곳에는 여러 개의 쇳덩이가 남아 있었다. 무릎이 안 좋아 수술을 했던 흔적이다. 덩그러니 남은 쇳덩이를 보는데, 온 마음이 텅 빈 것처럼 아무 말도 할 수 없었다.

나는 할머니를 무척이나 사랑했다. 자주 찾아 뵙지 못했지만, 늘 갈 때마다 할머니는 아픈 무릎을 이끌고 계란프라이와 청국장을 끓여 주시곤 했다. 여전히 구수한 청국장 냄새를 맡으면 할머니가 떠오른다.

　　그립다. 할머니 댁에 가면 나던 매캐한 냄새도, 먼지가 소복이 쌓인 앨범을 건네시던 모습도, 엄마 얘기를 하며 울던 모습도, 나의 손을 꼭 잡아 주시던 온기도. 모든 것이 그립다.

중심 잡기

오늘도 어김없이 체해버렸다. 내 속을 꽉 막고 놓아주지 않는 이 체기가 온몸을 경직시켰다. 쌓이는 감정을 주체하지 못하고 울어버렸다. 안정적인 것을 추구하는 내게 외줄 타기 같은 위태로운 관계와 감정은, 아무리 다스리려고 해도 늘 스트레스로 다가왔다. 이미 결말을 알고 있는 책을 다시금 처음부터 읽어 내려가는 느낌.

나는 오래된 것을 소중히 여기는 편이다. 빛바랜 사진들, 낡은 물건들에서 오는 수많은 추억과 꾸며내지 않은 날것의 모습이 좋다. 새로운 누군가를 만나 하루하루 설레는 것보다 편안하고 꾸준하게, 깊게 마주하는 따뜻함이 좋다.

하지만 세상은 늘 새로운 것을 찾고 원한다. 당장 SNS만 보아도 늘 새로운 사람들을 마주하고, 인연을 맺고, 만나는 것이 자연스러워졌다. 정작 낡고 오래된 것의 소중함은 잊혀져 가고 있다. 안정감은 사라지고 늘 새로운 것을 받아들여야 한다는 데에서 오는 긴장감과 준비 자세가 사람을 불안하게 만든다. 오래된 것과 새로운 것의 적절한 무게와 균형, 그 사이에서 오늘도 두 팔을 벌리고 중심을 잡기 위해 힘을 준다.

나의 하늘

버릇처럼 하늘을 보는 것을 좋아한다. 매일 다른 명도의 하늘은 언제나 내게 기대하지 못한 설렘을 선물했다. 가장 좋아하는 하늘은 가을에서 겨울의 문턱으로 넘어갈 때다. 아름다운 노을과 시원한 바람이 코끝을 맴돌며 나는 특유의 계절 냄새가 늘 마음을 두근거리게 한다.

누구나 자기만의 하늘이 있다. 그날의 감정 변화는 고스란히 하늘에 나타난다. 나의 하늘은 대부분 회색 구름으로 가득 차, 비를 내리곤 한다. 때때로 맑고 예쁜 노을을 보이기도 하지만, 대부분은 회색빛으로 물들어 있다.

시간이 지나 밤이 되면 커다란 보름달과 푸른 빛을 뿜내는 별들이 밤하늘을 무수히 장식했다. 나의 하늘에 매일같이 내리는 비를, 내 모든 것이 젖어버려 기분마저 축축해질 때도(비가 무서워 스스로 갇혀 있을 때도 있었지만), 늘 멍하니 비를 보며 노래를 듣는 것이 나만의 시간이었고, 몇 없는 낙이었다. 매일같이 내리는 비가 그칠 줄을 모르면 노을을 기다리며 생각에 잠기는 것도 행복했다.

요즈음 나의 하늘은 맑다. 간간이 먼지만 뿌옇게 끼어 있을 뿐이다. 맑은 하늘에 뿌연 먼지를 처음 봤을 땐, 어찌할 줄 몰라 먼지들 속에서 팔만 휘적거리며 살았다. 손을 휘적거리면 먼지들 사이사이 맑은 하늘이 고개를 내밀었다. 이 먼지들을 완전히 걷어 내진 못했지만, 이젠 그 먼지들을 어떻게 걷어 낼지 점점 머릿속에 구체적인 방법을 그려 보고 있는 중이다.

하늘은 내 인생이다. 매일 똑같지 않고, 나의 손이 닿지 않는 곳에 있다. 눈으로 보고 있지만 보이지 않고, 느끼고 있지만 느껴지지 않는 곳. 존재하지만 존재하지 않는 것처럼 오늘도 나의 하늘은 나와 함께하고 있다. 당신의 하늘은 어떤 계절을 품었고, 어떤 날씨인가. 언젠가 예쁘게 물든 나의 하늘을 바라보며 만족해할 날을 기다린다.

'악플'은 누군가의 생명줄을 쥐고 있는 것과 같다. 힘을 주면 줄수록 당사자의 목이 졸리고 숨이 막혀 결국에는 죽음에 이르게 할 수도 있다. 그만큼 누군가에게는 가벼운 문장 한 줄이 누군가에게는 삶을 포기할 수도 있을 만큼 끔찍한 것이다.

나는 20살 무렵 처음 악플을 받았다. 타투를 배우기 시작해 몸에 문신을 새겨 SNS에 기록하기 시작하던 때였다. 그 당시만 해도 사회적으로 타투에 대한 이미지가 좋지 않았고, 그래서인지 타투한 사람은 있어도 타투한 사진을 찍어 올리는 사람은 드물었다. 아마도 음지에서만 활발했던 타투이스트 중 수면 밖으로 모습을 드러낸 건 (특히나 여자 타투이스트 중) 내가 처음이었을 거다. 때문에 그에 대한 사람들의 질타와 호기심 어린 눈빛은 상당했다. 입에 담지도 못할 가족에 대한 욕설, 태어나지도 않은 아이의 이야기, 성희롱, 그중 제일 심각했던 것은 나에 대한 인신공격이었다. 수많은 댓글 중 대부분이 욕설로 난무했을 당시 적지 않은 충격을 받아야 했다. 아는 사람에게 받는 모욕이 제일 힘들 것이라고 생각했는데, 누군지도 모르는 익명의 사람에게 받는 모욕이 훨씬 더 충격적이었다.

그로 인해 나는 가시를 세우기 시작했다. 욕설로써 똑같이 맞대응을 하며 나 역시 그들과 같은 사람이 되어 가기 시작했다. 악플은 내세 폭설과도 같았다. 수북이 쌓여 힘껏 치워내도 다시금 끝도 없이 쌓여 가는. 우산을 써도 피할 수 없었고, 아무리 애써도 폭설은 그치지 않고 이어졌다. 그저 이 눈이 그치기만을 바랐다.

그렇게 눈 속에 파묻혀 매일 정신없이 싸우다 보니 어느 순간 햇빛이 비춰 쌓인 눈이 녹기 시작했다. 다른 타투이스트분들의 위로와 힘이 되는 연락이 이어졌고, 모르는 타인들에게도 기분 좋은 말들을 듣게 되었다. 내 모습을 보고 타투를 하고 싶다는 용기를 얻게 되었고, 나로 인해 타투에 대한 시선이 바뀌었다는 사람들이 늘어났다. 그렇게 시작된 한 줄기 빛은 점점 더 밝게 비춰왔고 이내 더 이상 눈은 내리지 않았다. 아니, 여전히 이따금 눈은 내렸지만 더 이상 내게 아무런 영향을 끼치지 못했다.

나 역시 모든 사람을 사랑할 수 없듯이, 모든 사람이 나를 사랑할 수는 없다. 당연한 것이다. 그보다 나를 응원하고 위로해주는 사람들이 더 많다는 사실을 기억하고 잊지 않는 것이 중요하다. 여전히 악플에 모든 감정이 휩쓸려 힘이 들 때도 있지만, 이제는 금세 사라질 불필요한 감정이라는 것을 알고 있다. 그러니 더 이상 자신의 생명

줄을 타인이 쥐고 휘두르게 해서는 안 된다. 그래
도 버티기 힘들 때는 주변 누군가에게 꼭 도움의
손길을 요청했으면 좋겠다. 나도 당신도 누군가
에게는 소중한 사람일 테니까.

확인 사살

'헤어짐'에 쿨하게 반응하는 사람이 있고, '헤어짐'을 견디기 힘들어 오래도록 그 무게를 짊어지고 가는 사람이 있다. 나는 후자에 속한다. 온몸에 각인된 그의 흔적들은 바뀌는 계절과 익숙한 장소에서 추억을 떠올리게 했고, 그때마다 끝도 없는 짙은 어둠에 빠져들었다.

손끝을 타고 머리까지 올라오는 통증. 고소 공포증으로 높은 곳에 올라가면 느끼던 그 고통을 이별 후에 느꼈다.

잔인한 방법이었지만, 떠난 사람에게서 벗어나기 위해 몇 번이고 그에게 나에 대한 감정을 확인했다. 일명 '확인 사살'이다. 어쩌면 벗어나기 위한 것이 아니라 조금이라도 내가 남아 있지는 않은지, 미련한 확인 사살이었는지도 모르겠다.

그럼에도 시간은 무심히 흘러갔다. 끝나지 않을 것 같았던 심장을 쥐어짜는 통증은 차츰 약해져 갔고, 어느 순간에는 통증이 있었는지조차 까맣게 잊을 정도로 아무렇지 않았다. 어느 날 갑자기 툭 그 사람과의 추억이 떠올라도 그뿐이었다. 손톱만큼의 통증도 느껴지지 않는다는 것에 죄책감마저 느껴질 정도로 그와의 모든 것이 정말 '아무렇지도 않은 일'이 되어 있었다.

짙게 밴 향기는 바람에 날려 흩어지고, 넘어져 다친 상처에는 새살이 돋는다. 끝나지 않을 것 같은 막막한 어둠에도 빛은 내리고, 무섭게 쏟아지던 소나기도 언젠가는 그친다. 결국 모든 것은 제자리를 찾아갈 것이다. 그러니 너무 마음 쓰고 아파하지 않았으면 좋겠다.

상처가 두렵다고 해서

누군가는 미련하다고 할지도 모르지만, 나는 한번 마음을 주면 도저히 정도라는 것을 모르는 사람이었다. 그래서 누군가에게는 속도 없는 사람이라는 소리를 듣고, 호구가 되기도 했다. 대개 있는 대로 마음을 내어 준 만큼 빈 곳을 가득 채워준 건 상처와 아픔이었다. 나보다 남을 더 생각하고 배려했던 마음은 결국 독이 되어 돌아왔다. 다시는 상처 따위 받지 말아야지 다짐했지만, 쉽지 않은 일이었다.

그래서 어느 순간부터 마음의 문을 닫기 시작했다. 상처받지 않기 위한 나름의 방어였다. 누군가 호의로 다가와도 날카롭게 날을 세웠다. 결국 공격받지 않기 위해 방어한다고 했지만, 정작 나는 나를 생각하고 위해주는 사람들에게 공격을 가하고 있었다. 그것을 내가 받아온 상처로 정당화하면서.

물론 여전히 상처에 무뎌지지 않았고, 흉은 남아 있다. 그럼에도 나는 닫았던 마음의 문을 다시 열었다. 결국 타인과의 관계라는 것이 상처를 주고받을 수밖에 없음을 알기 때문이다. 그 상처들이 쌓이고 쌓여 단단한 나를 만들어 줄 것이라 믿는다. 상처가 두려워서 사랑하지 않는 건 얼마나 바보 같은 짓인가.

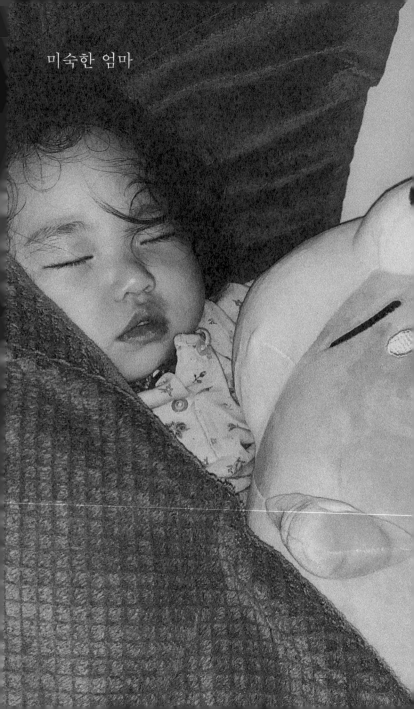
미숙한 엄마

아이가 말하기 시작하고, 본인 의사가 뚜렷해지면서 청개구리처럼 행동하기 시작했다. 유하는 또래 친구들, 아니 개월 수가 빠른 친구들보다도 언어 및 발달이 빨랐고, 그만큼 본인 의사를 정확하게 표현했다. 떼쓰는 시기가 찾아오다 보니 내 속을 뒤집기도 하였다. 자는 유하의 얼굴을 보며 아이에게 큰소리를 내지 말자고 다짐하지만, 내일이 되면 난 또다시 나쁜 엄마가 되어 위험한 행동을 하고, 떼를 쓰는 아이를 혼내고야 만다. 미안한 마음이 가득 찬다.

유하를 안으며 "엄마가 미안해." 하며 상황 설명을 하고는 사랑한다고 말하며 안아 준다. 이 행동도 반복되면 엄마를 혼내고 미안해하는 사람으로 인지할까봐 무섭다. 유하는 순한 편이지만, 체력은 남아 세 명을 합친 것 못지않게 좋다. 덩치도 또래보다 좋고, 발달도 훨씬 빠르기 때문에 늘 유하를 감당하기에 체력이 부족했다. 그래서인지 호기심 많은 유하가 이리저리 위험한 행동을 할 때마다 위험하다고 알려주는 것과 동시에 화가 난다. 아이는 아무것도 모를 텐데 나는 무얼 바라는 것일까. 주변에서는 너처럼 모성애가 뛰어난 사람도 없다고 위로해 주지만, 엄마로서 내 모습이 늘 부족한 것만 같아 미안해진다.

그리고 깨달았다. 나는 아이에게 무언가를 바라는 것이 아니라, 내 자신에게 화가 나는 것이었다. 아이가 위험한 행동을 하지 않도록 지도하고 많은 것을 알려 줘야 하는데 나는 많이 미숙했고, 여전히 미숙하다.

좋은 엄마가 되고 싶었는데, 엄마라는 이름 아래 나는 갓 태어난 아기와 같았다. 아무것도 모른 채 엄마가 되었고, 배워 나가는 중이라는 것을 알았다. 육아도 연습이 있다면 얼마나 좋을까. 마냥 좋아서 놀아주는 것은 쉽지만, 아이가 한 사람으로 성장하는 과정을 내가 이끌어 준다는 데 큰 책임감이 따른다. 우린 모두가 처음이다. 엄마로서, 아이로서.

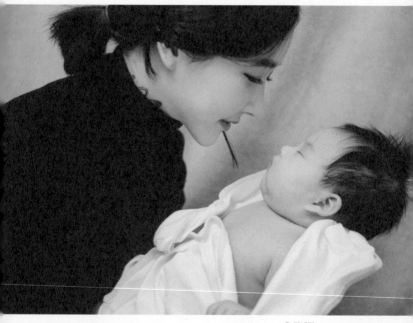

© 김혜정

불완전한 것들의 기록

흔적

긍정적인 생각으로 하루를 시작하다가도 어둑한 밤이 찾아오면, 또다시 어둠 속에 숨어 있던 우울함이 찾아와 나를 괴롭혔다.

차가운 비가 내리는 아침, 집 앞 골목길 한구석에 검은색의 부러진 우산이 덩그러니 놓여 있었다. 뼈대가 꺾여 사용할 수 없을 정도로 망가져 있었다. 나는 저렇게 우울하고 쓸모없어진 물건들을 보며 부여하지 않아도 될 동정심을 부여하곤 했다. 헛된 동정심을 가지는 것이 얼마나 쓸모없는 일인지 알면서도. 창밖에 보이는 세상은 고장난 전등을 켜 놓은 것처럼 깜빡이고 있었다.

무작정 밖으로 나가 걸었다. 그렇게 걷고 또 걸었다. 하지만 뒤를 돌아봐도 내가 걸어온 걸음의 흔적은 어디에도 찾을 수 없었다. 내가 살아온 삶의 흔적은 그저 내 기억 속에서만 찾을 수 있는 것일까, 아니면 내 기억 속에서도 흔적 없이 사라질까. 구름에 살짝 가려진 달에 수없이 박힌 세월의 흔적들처럼, 아무리 많은 시간이 지나고, 아무리 먼 거리에 있어도 남길 수 있을까. 그럴 수 있을까.

네 잘못이 아니야

나는 어릴 때부터 동물을 무척 좋아했고, 사람을 잘 따랐다. 그래서 종종 모르는 사람을 따라갈 뻔한 적도 많았다. 특히나 할머니를 따라 경로당에 가면, 어르신들을 위해 춤을 추고 노래를 부르며 재롱을 부리거나 어깨를 주물러드리곤 했다. 인사성이 밝고 싹싹했던 터라 어른들에게 많은 예쁨을 받았다. 그 당시만 해도 지금처럼 낯선 사람에 대한 경계가 심하지도 않았고, 그것이 위험하다는 것조차 인식하지 못했었다.

결국 예기치 못했던 (내 인생에서 가장 큰 트라우마가 된) 사건이 발생했다. 당시 나는 여덟 살이었고, 집 근처에는 소위 말하는 불법 게임장이 있었다. 깨끗하고 하얀 내부가 유리창 너머로 훤히 보였고, 어린 마음에 그곳은 마치 다른 세상인 것처럼 신기해 보였다. 주인아저씨와 친하게 지냈던 터라 종종 안에 들어가 게임하는 모습을 구경하곤 했는데, 어린 내게 그것은 일종의 재미있는 놀이였다. 그날도 마찬가지로 게임장에서 게임을 구경하고 있는데, 덥수룩한 머리와 정돈되지 않은 수염을 기른, 처음 보는 아저씨가 내게 말을 걸어왔다. "잠깐 아저씨를 따라오면 게임 한 판 시켜줄게!" 재밌어 보이는 게임을 시켜준다는 아저씨의 말에 주저함도 없이 고개를 끄덕였다.

아저씨는 게임장을 나서 바로 앞에 위치한 오래된 빌라로 들어갔다. 나는 낡은 인라인스케이트를 탄 채 아저씨를 따라 들어갔다. 그 빌라는 계단을 올라가야 1층이 보였는데, 갑자기 아저씨는 그 계단 사이에 우뚝 멈춰 서더니 뒤를 돌아 내 속옷 안으로 거친 손을 밀어 넣었다. 그러고는 재밌는 일이라며 내 입 안으로 혀를 구겨 넣고는, 제대로 하지 않으면 우리 엄마를 가만두지 않겠다고 화를 냈다.

얼마나 시간이 흘렀을까. 고작 여덟 살이었던 어린 내게 그 상황은 무섭고 끔찍하기만 했다. 정신을 차리고는 스케이트를 있는 힘껏 타며 도망쳤다. 도망치면서도 수없이 넘어졌지만 아픔도 잊은 채 다시금 일어나 달렸다. 아저씨는 내가 넘어지는 꼴을 보고는 크게 웃으며, "멀리 도망가라. 그래, 멀리 도망가!"라고 외쳤다.

집에 돌아와 누구에게도 얘기할 수 없었다. 이 얘기를 했다가 나로 인해 엄마와 할머니가 다치게 될까 봐. 그날 이후로 나는 하지 불안증이 생겼고, 아무렇지 않다가도 그날 느꼈던 끔찍한 기분이 느껴지면 주저앉아 엉엉 울음을 터트렸다. 그 고통은 중학교를 졸업할 무렵까지 이어졌고, 하지 불안증은 여전히 성인이 되고도 없어지지 않았다. 당시 어린 내가 할 수 있는 일은 아무것도 없었고, 그날 이후 어디에서도 그 아저씨를 볼 수

없었다. 하지만 내 기억 속에는 여전히 생생하게
남아 있다.

　시간이 좀 더 흐르고 아버지와 살게 되었을
때, 나는 이 사실을 새어머니에게 얘기한 적이 있
다. 하지만 그녀는 오히려 이 얘기를 알리면 너만
이상한 사람이 된다고, 그러니 너만 조용히 하면
된다고 말했다. 왜 피해를 입고 상처를 입은 사람
이 이상한 사람이 되어야 하는 것인지 도통 이해
할 수 없는 말이었다. 그 사람은 내게 그런 끔찍한
짓을 저질렀다는 것조차 잊고 살아갈 텐데, 어째
서 나는 평생 고통을 느껴야 하는 것인지 억울하
고 분했다. 여전히 내 안에는 당시의 어린 내가 울
고 있는데 말이다.

　여전히 그 눈물은 다 마르지 않았지만, 나는
그날의 힘없이 울던 어린 나를 조금씩 덜어 내는

중이다. 그리고 이야기하고 싶다. 절대 네 잘못이

아니라고, 그러니 괜찮다고.

자기혐오

나는 늘 내 손으로 내 숨을 막고 있었다. 과거의 과오들을 놓지 못하고 온몸에 칭칭 두른 채 살아왔다. 그러고는 거울에 비치는 나를 보며 많은 비난을 쏟아부었다. 늘 외면하고 싶고 도피하고 싶다는 생각이 강했기 때문이다.

　　'늘 착해야 해.' '늘 잘해야 해.' 하는 압박감과 타인과 나를 비교하며 내 삶을 스스로 뭉개버리는 짓을 반복했다. 형체를 알아볼 수 없을 만큼 으깨져 상처투성이가 된 나의 마음은 맨땅에 떨어져 차갑게 식어 나갔다. 자신을 질책하고 비난하는 것만큼 슬프고 비극적인, 잔인한 일이 또 있을까. 실수를 저지르는 것조차 인정하고 싶지 않았다. 인정하는 순간 내가 좋은 사람이 아니었다는 것을 들킬 것만 같았으니까.

다른 사람에게 상처를 받고 그렇게 아파했으면서, 결국 내게 가장 큰 상처를 준 건 바로 나 자신이었다. 자기혐오는 몇 번이고 반복해서 나를 죽이고 있었다.

ⓒ 김혜정

어린 나이

© 김해정

어느새 나이가 어리니까 괜찮다는 말을 들을 수 없는 나이가 되었다. 아직 시간이 많다고 격려해 주던 사람들도 어느덧 점점 줄어갔다.

스무 살 초반, '나이가 어리니 언젠가는 되겠지.'라는 심산으로 최선을 다하지 않았다.

'언젠가'라는 것에는 노력이 전제되어야 하는데, 나는 늘 그 노력을 배제하고 좋은 결과만 바라는 욕심만 두둑한 게으름뱅이였다.

스물 중반이 되고 나서야 정신을 차리고 시작하려니 온몸이 아프고 집중도도 떨어져 과거의 내가 원망스러울 지경이었다. 요즘 그림을 그리며 느끼는 것인데, '하면 잘할 것 같은데 왜 안 하지?'라는 생각을 스스로에게 하고 있다. 자아 성찰을 할 줄 아는 사람이 되었다는 말이다. '최선을 다해야지.'라고 마음먹고 난 후로, 온전히 모든 것을 다 바쳐 싸우고 있는 것은 아니지만, 그

래도 스스로 제일 집중할 수 있는 만큼은 싸우고
있다.

이제는 나이가 어리지 않으니, 열심히 하지 않
으면 안 된다는 것을 알고 있다.

오늘도 한 걸음

한동안 마음에 여유가 없었다. 이러한 감정의
끝에는 늘 유하가 있었다. 점점 고갈되는 마음과
복잡한 머릿속을 해소할 방법이 없었다. 이제껏
아이에게 한 번도 화를 내본 적이 없던 초보 엄마
인 나는, 점점 쌓여 가는 감정을 해소하지 못한
채 위태롭게 아이에게 닿았다. 점점 필요 이상으
로 아이에게 짜증과 화를 내기 시작했고, 이내 죄
책감과 미안한 마음이 교차하기 일쑤였다.

　　친한 언니는 늘 내게 어린 나이에도 아이를 예
뻐하는 모습이 그대로 느껴진다며 배워야 할 점
이라고 이야기했었다. 그런 언니가 어느 날 유하
에게 화를 내는 내 모습을 보고는 적잖이 놀란 눈
치였다. "네가 다른 사람보다 화를 안 내는 건 맞
아. 그래서인지 네가 화를 내니까 더 커 보이는 것
같아."라는 말을 듣고는 만감이 교차했다. 여유롭
지 못한 내 모습과 그런 모습을 하루 종일 함께하

며 보고 자랄 유하. 정리가 되지 않으니 오히려 신경은 더 날카로워졌다.

그러다 오랜만에 언니를 만났는데 "다시 예전의 너로 돌아간 것 같아."라고 말해 주었다. 비록 더딘 속도지만, 조금씩 마음속에 여유가 생기고 정리가 되어 가고 있다. 결국 나의 모든 것이 아이에게 영향을 끼쳤을 것이라 생각하니, 아이에게 미안한 동시에 책임감이 느껴졌다. 그렇게 오늘도 엄마로서 조금씩 성장하고 있다.

모든 '결과'에는 '과정'이 있다. 아무런 과정 없이 결과로 도달하기란 불가능하다. 많은 사람들이 과정보다 결과를 우선시한다. 물론 결과도 중요하다. 얻고자 하는 결과를 이루지 못한다면, 이제껏 힘들게 버텨 온 과정들이 모두 부질없게 느껴질 테니까. 하지만 당장 원하는 결과를 얻지 못했다고 해서 그 과정이 없어지는 건 아니다. 과정들이 쌓이고 쌓여 결국 원하는 결과를 만들어 낸다.

나는 타투이스트가 되기 위해 성인이 되자마자 연고도 없는 서울로 무작정 올라왔다. 그렇게 낮에는 일찍 타투샵으로 출근해 문하생으로 일을 시작했다. 문하생은 타투를 배우는 대신 무급이었기 때문에, 밤에는 잠을 줄여 가며 편의점에서 아르바이트를 해야 했다. 10개월 정도 일했을 무렵, 선생님과 맞지 않아 결국 문하생을 그만 두었고 방황하기도 했다.

땅에 씨앗을 심는다고 해서 아무런 과정 없이 열매를 맺지 않는다. 햇볕을 받고 물을 흡수하고 바람을 맞아야, 그렇게 버텨 내야 결국에는 원하는 열매를 맺게 된다. 모든지 원하는 것을 얻기 위해서는 그에 맞는 노력과 과정이 중요하다.

끊어 내는 연습

누구와도 적으로 살고 싶지 않아, 맞지 않은 사람을 곁에 두려고 안간힘을 쓸 때가 많았다. 그래서 내가 좋아하는 사람이라면, 그 사람의 안 좋은 행동까지 다 받아들이고 감싸 안으려 했다. 좋아하는 사람을 곁에서 떠나보내기가 무서워, 내 몸에 생채기가 나는 것을 외면한 채 억지로 관계를 이어 나갔고, 그것은 점점 더 깊은 상처를 만들었다.

내 곁에 두고 싶은 사람도, 함께 하고 싶은 사람도, 내가 선택하는 것이다. 내게 상처를 주는 사람과의 끈을 악착같이 붙잡고 놓지 못해 손바닥이 상처로 얼룩져 아픈 것도 결국 내가 선택한 것이다. 한 걸음만 떨어져 바라보면 누가 보아도 미련한 관계라는 것을 안다. 하지만 정작 당사자인 나는 눈앞에 놓인, 놓으면 안 될 것 같은 그와의 끈밖에 보이지 않는다. 그만큼 관계에서도 적당한 거리를 두고 바라보아야 할 때가 있다. 적당한 거리에 서서 바라보면 이 관계가 얼마나 잘못된 관계인지 알 수 있다. 지금 잡고 있는 이 끈을 놓으면 세상 모든 것이 끝날 것처럼 두려워도 결국 모든 건 제자리를 찾는다. 끊어야 할 때는 미련 없이 과감하게 끊어야 한다. 나를 위해서.

버틴다는 것

자고로 사람은 인내할 줄 알아야 한다는 말을 참 많이 듣는다. 참고 버티다 보면 모두 괜찮아질 것이라고.

지인 중에 몇 년 사이 직장을 다섯 번도 넘게 옮긴 사람이 있었다. 다른 사람들은 모두 그를 인내심이 부족한 끈기 없는 사람이라고 말했다. 버티고 버티다 그래도 안 되면 그만 두더라도, 그는 너무 쉽게 포기한다고.

다른 사람의 결정과 선택을 타인이 비난할 권리는 없다. 과연 참고 버티는 것의 기준이 어디까지인지, 그것이 정답인지도 우리는 알 수 없다.

표현하는 일

누군가를 한 문장으로 정의 내리기란 쉽지 않다. 세상에는 수많은 성향을 지닌 제각기 다른 사람이 존재하고 그들 중 누구 하나도 같은 사람은 없기 때문이다. 그런 의미에서 서로 다른 두 사람이 만나 함께한다는 것은 얼마나 어려운 일일까.

결국 서로 다른 두 사람에게 필요한 것은 '표현'하는 일이다. 무엇을 좋아하는지, 무엇을 싫어하는지, 왜 내게 서운했는지, 표현하지 않으면 알 수 없다.

확실한 의사표현과 마음을 담은 감정표현은 상대방을 알아 가기 위한 과정이기도 하지만, 결국에는 나를 아는 것과 같다. 표현한다는 것은 나 자신을 들여다보고, 내게 귀 기울이는 것이기 때문이다. 그러니 온 마음을 다해 표현하자.

마음 청소

드디어 방 안을 가득 채우던 옷들을 정리했다. 그때그때 정리했으면 편할 것을, 난 늘 무엇이든 한꺼번에 몰아서 정리하는 버릇이 있었다. 이날도 100리터 쓰레기봉투 세 장에 옷을 욱여넣고서야 끝이 났다.

무엇이든 그때 했으면 좋았을 일을 미루고 미루다 오히려 난감해지는 경우가 많다. 사람과의 관계 역시 마찬가지다. 정리했어야 할 관계를 기어이 끌고 와 바닥을 보고 나서야 정리하게 된다. 진작 정리했으면 이렇게까지 서로가 힘들어하지 않았을 텐데.

마음이 온갖 필요하지 않은 것들로 채워져 먼지투성이라면, 지금이 바로 마음을 청소해야 할 때다.

불필요한 것들을 정리하고 내다 버리자. 그리고 깨끗한 마음에 새로운 것들을 채우자.

산뜻한 마음으로!

마음의 무게

누군가를 좋아하게 된 그 순간부터 '그 사람이 좋아하는 것은 뭘까?' '어떻게 해야 그 사람이 웃을 수 있을까?' 사소한 것 하나에도 그 사람의 취향을 고민하고 배려한다. 그러다 점점 시간이 흐를수록 그 모든 것들은 당연한 것이 된다. 서로의 취향에도 익숙해지고 어느새 상대방에 대한 배려는 무감각해진다. 대부분은 소중함을 잃고 난 뒤에야 후회와 미련으로 힘들어한다.

누구나 가까울수록 사소해진다. 우리는 서로 가깝지만 가벼워서는 안 된다. 관계를 저울이라고 가정했을 때, 마음의 무게가 가벼운 한쪽이 존재한다면 반대쪽 저울은 기울어져 치우치고 만다. 수평을 이루는 이상적인 관계를 오래도록 유지하기란 힘든 일이지만, 상대방과 반비례하는 마음의 무게에 대해 생각해 볼 필요가 있다.

    그만큼 소중한 사람과의 관계에서는 '배려'하
는 마음을 잊지 말아야 한다. 누군가는 '배려'를
괜히 나만 손해 보는 거 아니냐고 날을 세운다. 그
렇게 모든 관계에 득과 실을 따지고 들면 어떠한
관계도 온전하게 유지할 수 없다. 물론 득과 실을
따져야 하는 관계도 있겠지만, 소중한 사람에 대
해서만큼은 이해관계를 떠나 온 마음을 다해 사
랑했으면 좋겠다.

나를 위한 관계

나는 누군가를 내 사람으로 만드는 데 있어
참 많은 시간을 투자한다. 좋아하기 때문에 자연
스럽게 행동으로 보여주는 것이다. 그 사람과의
관계를 위해서 노력을 하고 챙겨 주며 많은 공을
들인다.

　　요즘은 일방적인 관계에 놓인 사람들이 많다.
서로 주고받는 것이 아닌, 일방적으로 주는 자와
받는 자로 나뉜다. 그래서인지 인간관계가 쉬우면
서 가벼워졌다. 나는 내게 공들이는 사람이 참 좋
다. 결국 공들인다는 것은 나를 가볍게 생각하지
않는다는 것이며, 그만큼 날 진심으로 대한다는
의미니까.

　　손쉽게 다가오고 떠나가는 관계들은 이미 주
변에 널브러져 내 앞길을 막을 뿐이었고, 약한 발
길질 한 번에도 저 멀리 내동댕이쳐지곤 했다. 뻔
히 보이는 가벼운 관계는 뜨거운 여름날 잠시 바

닥에 고인 물 같은 느낌이다. 이내 증발하여 사라
질 그런 고인 물.

이런 고인 물 같은 가벼운 관계는 최대한 피하
는 편이다. 나는 불안정 애착이 형성되어 있어 평
소에도 무척이나 방어적이다. 특정한 몇 명을 제
외하고는 정서적인 교류를 하기도 힘들다. 특히
누군가에게 의지해 본 적도 거의 없던 터라, 때로
는 의지하는 것이 죄스럽게 느껴질 때도 있고, 내
가 받을 상처가 두려워 오히려 상처를 준 적도 있
다. 그렇기 때문에 더욱 가벼운 관계를 유지할 수
가 없고, 유지해서도 안 된다.

서로에게 상처가 되는 가벼운 관계보다, 늘 묵
묵히 내 곁을 지켜주는 사람을 아끼고 사랑하는
데 집중하려 한다. 어떤 관계에서든 깊고 잔잔한,
천천히 지속되는 관계가 가장 아름다우니까.

주인공

TV 채널을 돌리다 '모두가 주인공을 볼 때, 우리는 당신을 봅니다'라는 문구가 인상적인 CF 광고를 보았다. 모두가 주인공을 보고, 모두가 주인공이기를 꿈꾼다. 하지만 어디 현실이 그러한가. 이 세상 모두가 주인공이면, 조연은 누가 하고 엑스트라는 누가 할까. 세상의 모든 것에는 정해진 위치가 있다. 결국 모두가 주인공일 수는 없다.

모든 일에는 드러나지 않는 자리에서 묵묵히 자신의 일을 해 나가는 사람들이 있다. 그런 사람들이 너도나도 할 것 없이 앞다투어 주인공의 자리에만 앉으려고 했다면 원하는 결과를 얻을 수 있었을까. 많은 사람들이 주인공을 보고 주인공만 기억하지만, 역사적인 사건에도 기업의 성공에도 어떤 값진 일이든 그 속에는 어떤 주인공보다 멋진 숨은 공신들이 있다. 숨은 공신들이 있었기에 가능했던 일은 주위를 둘러보면 얼마든지 찾을 수 있다.

소신이 있고 목표가 뚜렷한 사람은 다른 사람의 시선과 이목에 집중하지 않는다. 오직 자신의 길을 걸으며 해야 할 일에 집중한다. 즉 자신의 목표와 신념이 뚜렷한 사람은 어떤 방해물이 와도 흔들리지 않는다. 어떤 것이 더 중요한지를 알기 때문이다. 각자의 자리에서 자신의 몫을 묵묵히 해 나가는 사람이야말로 진정한 주인공이 아닐까.

연락

우리는 빈도가 다를 뿐인, 타인과의 연락을 주고받으며 살아간다. 긍정적인 관계의 사람과는 연락의 빈도가 더 높을 것이고, 그렇지 않은 사람과는 꼭 필요한 경우가 아니라면 주고받지 않을 것이다. 연락은 '관계'에 있어 '의무'가 되곤 한다. 특히나 연인 사이나 친한 관계에서는 연락을 주고받는 것이 당연한 일이 되어 심적 부담으로 다가온다.

　　평소 좋아하는 사람이든 싫어하는 사람이든 연락 자체를 기피하는 경우가 아니라면, 연락은 서로의 관계를 측정하는 데 도움이 되기도 한다. 나 역시 내가 함께하고 싶고 좋아하는 사람들과는 의무나 억지가 아닌, 스스로가 원해서 연락을 한다. 늘 그런 사람들과는 연락을 주고받는 것이 즐겁고, 꼭 답장이 오지 않더라도 언제든 다시금 연락하고 싶을 때 주저 없이 연락하며 혼자 떠들기도 한다.

　하지만 늘 관계라는 것은 상대적이라, 내가 좋아서 연락하는 사람이 모두 나를 좋아할 수는 없다. 연락을 주고받다 보면 상대방이 어떤 사람인지, 나를 귀찮아하는지, 억지로 답장을 하고 있는지 대번 알 수 있다.

　오늘도 정리가 필요한 날이다. 결국 놓아야 할 사람은 어떻게든 붙잡으려 해도 내 곁을 떠나갔다. 관계를 정리한다는 건 늘 힘든 일이지만, 지나고 나면 한결 마음이 편안해진다. 상처받기 싫어 관계를 정리하는 내 모습이 때로는 비참해 보이기도 하지만, 더 이상 상처받지 않는 것만으로 되었다. 그것만으로도 충분하다.

나만의 집을 짓는 일

CAMPO
S. ZANINOVO
S. GIOVANNI
IN OLEO

살아간다는 건 어쩌면 나만을 위한 집을 짓는 일이다. 스스로 집을 짓기 위한 토지를 선택할 수는 없지만, 살아가면서 배우는 모든 것들이 집의 토대가 된다. 무언가를 배우며 실패하고 반복되는 과정에서 뼈대를 세우고 시멘트를 바른다. 그리고 차곡차곡 벽돌을 쌓아 올린다. 물론 갑자기 찾아온 태풍과 홍수로 인해 힘들게 쌓아 온 모든 것이 무너질 수도 있다. 그렇다고 주저앉아 좌절하고 있을 수만은 없다. 툴툴 털고 일어나 다시금 뼈대를 세우고 시멘트를 바르고 벽돌을 쌓아 올려야 한다. 좀 더 튼튼한 집을 짓기 위해.

나는 이제껏 많은 사람들을 만나며 생긴 수많은 구설들에 휩쓸려 살았다. 지금도 내가 모르는 나에 대한 많은 이야기들이 여기저기서 파도치고 있다. 나에 대해서 모르는 사람들에게는 그 모든 것들이 당연한 사실로 받아들여졌고, 아무리 아니라고 말해도 소용없었다.

　　한번 무너졌다고 해서 모든 게 끝난 건 아니
다. 무너짐은 좀 더 튼튼한 집을 짓기 위한 깨달
음과 교훈을 준다. 그렇게 실패를 반복하며 앞으
로 나아가는 것이 삶이다. 삶이란 것은 이면적이
어서 실패와 좌절이 있기에 도전과 성공이 더욱
빛을 발한다.

　　나는 주변에 넘치던 사람들을 수없이 정리했
고, 나 자신을 받아들이고 인정하기 시작했다. 처
음에는 날것의 나를 보는 것이 비참하고 스스로
에 대해 환멸감이 들었지만, 오히려 시간이 지날
수록 마음이 편안해졌다. 나는 오늘도 열심히 나
만의 집을 짓는 중이다.

비움과 채움

언제부터인가 '미니멀'이 유행하기 시작했다. 집안 가득 차지하고 있는 짐들을 하나둘씩 내다 버리는 것을 시작으로, 이내 그것은 일상의 모든 것에 적용되어 갔다.

나 역시 '미니멀'이 필요한 사람이었다. 늘 제 때 정리하지 못해 이미 옷과 짐들이 넘쳐났다. 채울 때는 그렇게나 기분 좋더니 언제부터인가 골칫덩이가 되어 어디에 박혀 있는지도 모를 곳들에 쌓여 갔다. 내 모든 짐들에서 꼭 필요하지 않은 것이 무엇일까. 사계절을 보낼 동안 단 한 번도 꺼내 입지 않은 옷(그럼에도 언젠가는 입을 것이라 생각한 옷)에서부터, 집에 두면 예쁠 것 같아서 산 인테리어 장식품 등 따지고 보니 불필요한 짐들이 꽤나 많았다. 여태 어떻게 이 모든 짐들을 가지고 살았을까 싶을 정도로, 나는 '맥시멀'한 사람이었구나 다시 한번 깨닫는다.

비우는 일은 사실 생각보다 쉽지 않다. 일단 마음먹기까지가 오래 걸리고, 나아가 미련을 버리기까지는 더더욱 힘이 든다. 막상 버리려고 하면 없던 정이 생기기 시작하고, 언젠가는 쓸 일이 생길 것만 같아 아쉬운 마음이 든다. 그렇게 생각하며 버텨온 게 벌써 몇 년째인지 모른다. 그렇게 '언젠가는 필요할 거야.' '언젠가는 입을 거야.' 했지만, 결국 그 물건과 옷은 다시금 사계절을 보내도록 고스란히 그 자리를 지키고 있었다. 늘 이런 식이었다. 역시 비우는 것도 마음을 단단히 먹어야 하는구나 싶었다.

하물며 물건도 그러한데, 마음은 오죽할까. 지나간 사랑을, 불필요한 감정을, 시기와 질투를, 마음에서 비워야 할 것들은 무수히 많은데 어느 것 하나 쉽게 손에 잡히지 않았다. '이제 그만 내다 버리자.' 마음먹기를 수십 번이었다. 채우는 일은 그렇게나 쉬운데, 비우는 일은 이렇게나 어렵다니. 그럼에도 나는 오늘도 비우는 일을 포기하지 않는다.

이사의 징조

새로운 집으로 이사를 했다.

이사 당일 새 집에 짐을 넣고 정리가 끝나갈 무렵, 어두운 밤에 폭우가 쏟아지고 천둥 번개가 치며 하늘이 울기 시작했다.

이내 이사하는 날 비가 내리면 잘 산다는 말이 떠올라 기분이 좋아졌다.

지금 이 집으로 이사 오기 전까지만 해도 힘든 일로 우울했는데, 이 정도의 날씨라면 분명 앞으로 무척 잘 되어서 나가겠다는 생각에 순간 마음이 편안해졌다.

찢어진 마음을 다시금 꿰매는 데에는 분명 많은 시간이 필요하겠지만, 그래도 괜찮다.

더 멋진 모습으로 당당하게 웃을 수 있는, 함께할 수 있는 그날을 꿈꾸니 모든 것이 괜찮았다. 죽을 것처럼 힘든 일이 때로는 새로운 길이 되기도 한다.

　새로운 이 길이 내게도, 또 내 곁에 있는 소중
한 사람들에게도 행복만 안겨 주기를.

하늘을 나는 꿈

내가 자주 꾸는 꿈 중 하나는 커다란 날개를 달고 하늘을 나는 꿈이다. 하늘을 나는 법이 특이했는데, 마치 비행기가 이륙할 때처럼 빠르게 달리다가 힘차게 뛰어올라 하늘을 날았다. 참 이상하게도 꿈인 것을 인지하는 순간이 오면, 이내 다시 날지 못했다. 보통 꿈은 현실의 감정을 반영한다고들 하는데, 이 꿈은 무엇을 의미하는 것일까. 나의 현실을 보여 주는 것일까.

그러고 보니 한창 이 꿈을 꿀 무렵, 내게 과분할 정도의 일이 들어오고는 했는데, 갑자기 취소된 적이 한두 번이 아니었다. 상대방 측에서 일방적으로 취소를 하는 경우가 대다수였고, 시기가 어긋나서 놓친 적도 많았다. 그 결과의 끝에 떨어지는 허무함은 결국 나의 자존감마저 갉아먹었다. 스스로를 절벽으로 몰아낸 채 바닥난 자존감과 자기혐오로 스스로를 공격하고 있었다.

뒤돌아보면 나는 나를 안아 주는 연습이 필요한 사람이었다. 나를 위로해 줄 사람이 필요했던 것도 맞지만, 스스로 먼저 위로해 주어야 했다. 타인에게는 관대한 내가 왜 스스로에겐 그렇게나 매정했을까. 나는 스스로를 너무 옥죄고 있었다. 일이 잘못되어 버리면 모든 것이 나의 잘못이라고 생각했다. 사람은 좋지 않은 것을 더 강하게 기억한다. 마치 머릿속에 억지로 심어놓은 것처럼.

이제 와서 자신을 사랑하려고 보니 어색하고 머쓱하다. 부질없는 생각은 줄이고, 나의 마음속에 있는 말에 조금 더 귀를 기울이려 노력 중이다. 우리는 멈춰진 시간 속에 사는 것이 아니므로, 언제든 기회는 온다. 시간의 흐름에 나를 맡긴 채 최선을 다하다 보면, 지금보다 더 좋은 기회가 찾아올 것이다. 또한 꿈에서처럼 하늘을 날지 못하는 상황이 오더라도 또다시 나는 연습을 하며, 결국은 다시 하늘을 날게 될 것이다.

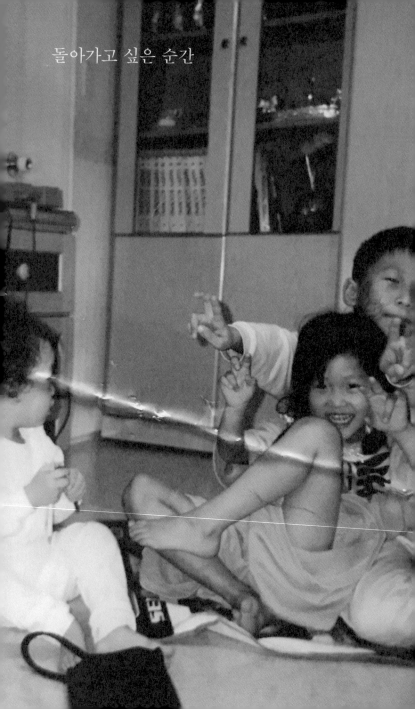
돌아가고 싶은 순간

어릴 적 작은 슈퍼 뒤에 딸린 단칸방에 다섯 식구가 옹기종기 모여 살던 때가 생각난다. 노란 개나리가 가득 핀 길을 할머니와 함께 걸으며 박스를 주우러 다녔었다. 열심히 박스를 주워 고물상에 다녀오는 길이면, 늘 할머니는 내게 아이스크림을 사 주셨다. 한 손에는 아이스크림을, 한 손에는 할머니 손을 포개 꼭 잡고는 개나리가 만발한 길을 따라 경로당에 갔다. 고사리 같은 손으로 할머니와 할아버지의 어깨를 주물러 드리며 재롱을 부리곤 했는데, 그러고 나면 박카스를 받을 수 있었다. 어린 나이에 맛본 박카스는 달달하면서도 해롱해롱한 기분이었다.

날이 어둑해질 때까지 놀다가 집으로 돌아가면 컴퓨터 앞에 앉아 있는 오빠와 내가 머리를 잘라버려 뽀글뽀글 파마를 시켜 놓은 여동생이 있었다. 엄마는 거의 외출도 하지 않은 채, 늘 아파서 누워만 있었다. 내가 집에 돌아와서 하는 일은 화장실 위에 위치한 다락방 같은 공간에서 인형들을 가지고 노는 것뿐이었다.

그 당시 가난으로 거의 매일 고기를 넣지 않은 미역국과 밥, 김치가 주된 식사였다. 그렇게 질릴 정도로 먹었음에도 불구하고 나는 여전히 미역국을 좋아한다. 아마도 옹기종기 좁은 방에 모여 먹던 그 맛과 기억이 나쁘지 않았던 모양이다.

생일에는 늘 초콜릿 조각 케이크를 받았다. 그 당시에는 어린 마음에 남들처럼 큰 케이크를 받지 못하는 것이 그렇게 서러울 수 없었다. 그럼에도 케이크를 먹을 수 있다는 생각에 눈물을 꾹 참았다. 이제 와 생각해 보면 내가 서러웠던 것 이상으로, 조각 케이크밖에 사줄 수 없는 처지에 엄마와 할머니는 얼마나 속상했을까.

내가 엄마가 되고 보니 이제야 할머니와 엄마에 대해 다시금 생각하게 된다. 단순했던 순간의 기억들이 '아, 그때 얼마나 힘드셨을까.' 싶은 생각들로 가슴이 미어진다. 자식에게는 늘 주고 싶은 것이 부모 마음인데, 주고 싶어도 늘 줄 수 없었던 현실에 얼마나 괴로우셨을까. '네가 엄마가 되어 보면 다 알아.' 라는 말을 이제야, 엄마가 되어 보니 정말 알 것 같았다. 힘들었을 그 고생을, 우리를 위해 주저 없이 택한 희생을.

여덟 살이 되던 해, 우리 세 남매는 아버지 집으로 들어가게 되었고, 이후 엄마와 할머니를 자주 볼 수 없었다. 어떻게든 만나려고 했으면 만났을 텐데, 철이 없던 나는 이런저런 핑계로 자주 찾아뵙지 못했다. 돌아가시기 전, 마지막으로 잡았던 할머니의 뼈밖에 남아 있지 않은 앙상한 손은, 그 무엇보다 따뜻했다.

딱 한 번만, 과거로 돌아갈 수 있다면 할머니와 함께 개나리가 가득 핀 길가를 걸으며 박스를 줍던 어릴 때로 돌아가고 싶다. 그때로 돌아가 할머니를 꼭 끌어안고 감사하다고, 사랑한다고 말하고 싶다.

내가 할 수 있는 것

살아가며 수많은 사람들과 인연을 맺게 되는데, 깃털보다 가벼운 인연이 있는가 하면, 오래도록 함께 하고 싶은 운명과도 같은 인연도 있다.

운명이라는 것이 존재한다면 이름도, 나이도 모르는 이 사람들과 스쳐 지나가는 것도 운명일까. 세상을 만들어 낸 창조주가 있다면 이 모든 것이 다 계획된 일인 걸까. 감기처럼 누구나 쉽게 걸리지만 치유하기 어려운 우울을 만들어 낸 것도, 머리털이 곤두설 만큼 기쁘고 행복한 감정조차 만들어진 것일까.

만약 무언가에 의해 이 세상 전부가 만들어진 것이고 또한 운명이라면, 이 삶 자체가 참으로 재미없는 소설이었을 것 같다. 그 누구도 쳐다보지 않아 먼지가 수북이 쌓인 채 책방 한구석에 놓인 그런 소설.

나는 이 모든 것의 운명이 이미 정해져 있다고 한들, 충분히 바꿀 수 있다고 생각한다. 운명이었다고 생각했던 게 운명이 아니었을 수도 있고, 오히려 운명이 아니라고 생각했던 사소한 것이 운명이었을 수도 있다. 그러니 내가 할 수 있는 건, 매순간 최선을 다하는 수밖에 없다.

잡음 속 신호

내게 사랑은 전부였다. 상처를 주고받는 연애를 몇 번이고 지속하면서 사랑에 대한 불신으로 힘들어하면서도 결국에는 다시 사랑을 했다. 사랑하고 상처받고, 다시 사랑하고 상처받고를 반복했다. 출구를 찾지 못해 계속해서 같은 미로를 헤매는 것만 같았다.

나는 누구보다 외로움을 많이 타는 사람이었다. 그래서 늘 기댈 누군가가 필요했고, 그 사람의 말과 행동이 그날의 나를 좌지우지했다. 온전한 내가 없이 그저 그 사람이 원하는 대로 흔들리는 사람이었다. 내가 무엇을 좋아하는지, 무엇을 하고 싶은지는 중요하지 않았다. 오직 그 사람이 무엇을 좋아하고 무엇을 하고 싶은지가 먼저였고, 언제부터인가 그것이 내겐 너무도 당연한 일이 되어 있었다. 그리고 그 당연함은 나뿐만 아니라 그에게도 마찬가지였다.

결국 지키지 못한 것은 그 사람이 아니라 바로 나였다. 그 사람은 그런 내게 익숙해져 간 것뿐이다. 이전에는 모든 걸 다 맞춰 주고 모든 걸 다 내어주었기에 사랑이 끝나고 나면 어떻게 해야 할지 몰라 불안했고, 결국 그 불안함은 똑같은 일을 되풀이하게 만들었다.

내가 먼저 나 자신을 인정하고 존중하고 사랑하지 않으면, 다른 누군가도 나를 인정하고 사랑해 주지 않는다. 내가 먼저 자신을 아끼고 바라봐 주어야 한다. 늘 다른 사람이 아니라, 내가 먼저라는 사실을 잊지 말자. 그래야 비로소 우리는 온전한 사랑을 할 수 있다.

과거의 존재 이유

시간이 지날수록 오래된 기억에는 변형이 오기 시작한다. 고통스러웠던 때는 뭉개져 흐릿해진 상태로 보이고, 그때 남은 조금의 행복했던 모습만이 머릿속에 선명하게 그려진다. 참으로 이상한 일이다. 당장 눈앞에 있는 상황에서는 행복한 기억보다 고통이 더 진하게 느껴지는데 말이다. 이미 내 손에서 미끄러져 나간 것에 대한 미련은 발목을 꽉 잡고 나를 움직이지 못하게 한다.

이미 떨어져 나간 살점은 다시 붙여 낼 수 없다. 푹 패여 흉하게 자리 잡힌 부위를 보며 난 또다시 아파할 것이다. 우리가 과거와 다시 만나 함께할 수 없는 이유다. 서로가 상처를 주고받은, 전과 같은 행동을 다시 반복하지 않는다는 가정하에 시작한다고 한들, 기억 저 멀리 숨어 있는 과거를 끄집어내 또 다른 문제의 상처를 주고받을 것이다.

우리는 현재를 살아가지만, 현재를 만든 것은 과거의 조각들이 있었기 때문에 가능한 일이다. 한 조각이라도 사라진다면 퍼즐은 끝내 완성되지 않는다. 행복의 조각들과 상처의 조각들이 공존함으로써 현재라는 퍼즐이 맞춰진다.

과거의 과오를 인정할 줄 알게 되면 자신을 더 나은 모습으로 바꿔 나갈 수 있다. 현재를 살아가라는 것은 과거를 잊고 살아가라는 것이 아닌, 과거에 내가 살아온 모든 모습을 인정하고 앞으로 나아가라는 뜻이다. 점점 쌓여 가는 과거는 폭설이 내린 길 같다. 폭설이 쌓이면 한 걸음 내딛을 때마다 눈 속으로 발이 푹푹 빠져버려 앞으로 나아가기가 힘들어진다.

나는 무거운 발을 이끌며 현재를 살아가고 있다. 아주 천천히 앞으로 나아가는 중인데, 한 발

씩 내디딜 때마다 노력하고 있다. 아직은 부족한,
부족했던 나 자신을 인정하며 그렇게 천천히 나
아가는 중이다.

나를 인정하는 일

요즘 들어 '나'에 대한 생각이 많아졌다. 나의 사소한 말과 행동이 누군가에게는 상처가 될 수도 있다는 걸 깨닫고는 괴로웠다.

나는 아직 미숙하다. 여전히 그동안 묻은 지저분한 먼지를 털어 내는 중이다.

늘 조심하며 살아왔다고 생각했는데, 지금에 와서 생각해 보니 이제껏 나는 '나 정도면 괜찮은 거야.'라는 자기 위로를 하며, 하고 싶은 대로 살아왔는지도 모르겠다.

늘 다른 사람에게 피해를 준 일보다 내가 받은 피해를 먼저 생각했고, 더 크게 느껴졌다. 이제야 보기 흉할 정도로 뒤틀려버린 생각과 언행을 바꾸기 위해, 잘못 끼워진 조각들을 다시 맞춰 가고 있다. 그 단계가 때론 힘들고 고통스럽겠지만, 결국 스스로 만족할 수 있는 사람이 될 것이다.

누군가에게 인정받고 사랑받기 위한 삶이 아
닌, 나 자신을 인정하고 사랑할 수 있는 사람이
될 것이다.

혼자

최근에 인기 있는 키워드 중 하나는 '혼자'다. 그만큼 독립적인 성향과 자기 자신의 주체 의식이 떠오르는 주제가 된 것이다. 또한 결혼하지 않고 혼자 사는 사람들이 늘어남에 따라 1인 가구에 대한 인식이 크게 달라졌다.

옛날에는 혼자 식사를 하거나, 혼자 쇼핑을 하는 등 '혼자'인 모습을 보고 주변에 친구가 없거나 외로운 사람이라는 인식이 강했다. 하지만 최근에 와서는 오히려 많은 사람들이 혼자서 많은 것을 척척 해냈고, 그것이 독립적인 성향이 강한 사람으로 인식되었다. 오히려 다른 사람의 눈치를 볼 필요도 없고 자신이 원하는 것을 먹고, 원하는 곳을 갈 수 있으니 훨씬 편하다고 하는 사람들이 늘어났다. 그만큼 자기 자신에 대해 고민하는 사람들이 늘어났고, 다른 사람의 시선이나 말에 신경 쓰기보다는 자기 자신을 중요하게 생각하기 시작했다는 의미이다.

　　나는 무엇이든 혼자 하는 것을 굉장히 즐겨하
는 편이다. 모든 것에 지쳐 있을 무렵에는 그 누구
와도 말하고 싶지 않을 때도 있다. 그럴 때면 나
는 혼자만의 시간을 갖는다. 가끔은 혼자의 시간
도 필요하다. 누구나 휴식은 필요하니까.

맞지 않는 퍼즐

관계를 맺는 많은 사람들 중에는 왜 이제야 만났을까 싶을 정도로 잘 맞는 사람이 있고, 만날수록 불편함을 느끼는 나와 맞지 않는 사람도 있다. 또 혼자만 고군분투하는 관계도 있다. 손바닥도 맞닿아야 소리가 나는 법인데, 혼자만 허공에 대고 뻗어 봐야 결국 밀려드는 건 허무함뿐이다.

혼자라도 상대방을 향해 열심히 뻗다 보면 언젠가는 잡힐 줄 알았는데, 절대 닿지 않는다는 것을 느낀 후로는 더 이상 참을 수 없어 그만 두기로 했다. 기다릴 만큼 기다렸고 최선을 다해 다가갔지만 상대방의 손과 맞닿을 수 없었다는 건, 결국 서로가 맞지 않는 사람이라는 의미다.

누군가의 눈치를 보고 무작정 사과하던 나의 습관도 곧 잘못된 것임을 인지하게 되었다. 보통 사람과의 관계에서 한 명이 일방적으로 맞춰주는 관계가 있는데, 나 역시 나보다는 상대방에게 맞추며 관계를 유지하기 위해 열심을 다했다. 그럼에도 불구하고 제자리걸음인 경우가 종종 있었다. 상대방이 받아들이지 않으면 내가 아무리 무언가 내준다고 한들 나아갈 일이 없는 관계일 뿐이다.

맞지 않는 두 퍼즐을 끼운다 하여 결코 맞춰질 수가 없는데, 왜 사람관계는 언젠가는 맞춰질 수 있을 것이라고 생각할까. 나 혼자만의 문제가 아니다. 나 혼자 잘한다고 될 일도 아니고, 상대방 혼자 잘한다고 될 일도 아니다. 이건 서로가 맞아야 가능한 일이다.

억지로 만들어진 관계는 무너지기 마련이고, 본질을 잃고, 망가질 뿐이다. 그래서 사람과 사람의 관계가 참 어려운 것이다. 인간관계가 내 마음

처럼 쉽다면 얼마나 좋을까 싶지만, 애석하게도
그렇지 못한 것이 현실이다. 그러니, 맞지도 않는
퍼즐을 부여잡고 어떻게든 끼워 맞추려고 애쓰지
않았으면 좋겠다. 충분히 나와 맞는 퍼즐을 가지
고 있는 사람과 만족스러운 관계를 만들 수 있을
테니까.

그러니 지금은 다 제쳐 두고

살아가다 보면 재미없는 시기가 찾아오기 마련이다. 어떤 것을 하든지 하나도 흥미가 생기지 않는 시기. 내가 일하는 만큼 보상이 주어지지 않는 것 같은 느낌과 뜻대로 나아가지 않는 인간관계, 무기력함이 온몸을 지배했고, 평소에는 즐겨하지 않던 술을 며칠 내내 마시기도 했다. 당장에도 모자란 시간을 무참히 낭비했고, 바닥으로 푹 꺼져버린 자존감은 스스로를 비참하게 만들었다. 나도 모르게 자꾸만 인상을 쓰게 되었고, 미간에는 늘 옅은 주름이 잡혀 있었다. 그저 암담했다. 미래는 한 치 앞도 모른다고 하지만 내 눈앞에 커다랗고 어두운 벽이 가로막고 있는 듯한 느낌이 들었다.

다른 사람들은 열심히 하루를 살아내는데, 왜 나는 이렇게 시간을 허비하고 아무것도 하지 않은 채 있는 것인지 스스로가 못나 보여 아무것도 할 수 없었다. 그렇게 스스로를 몰아세우던 어느

날, 아무 생각도 하고 싶지 않아 이른 저녁 잠에
들었다. 오랜만에 푹 잠을 이루었다. 다음 날 잠에
서 깨어났는데 마치 시간을 건너온 것처럼 이상
하리만치 마음이 편안하고 고요했다. 그저 푹 잠
을 잔 것뿐인데.

그래, 내게 필요한 것은 이렇다 할 해결책이 아
니라 그저 휴식이었다. 전전긍긍하며 무언가를
이루려고 정작 내게 필요한 것이 무엇인지 몰랐
다. 계속해서 몸과 마음은 휴식이 필요하다고 외
치고 있었는데, 눈앞에 놓인 다른 일에 빠져 중요
한 소리를 귀담아 듣지 않았다.

그 어떤 것도 해결되지 않아 마음이 혼란스러
울 때, 저 높은 목표를 잡기 위해 쉬지 않고 달려
왔다면, 지금까지 고생한 나를 위해 충분한 휴식
을 주자. 잠을 한숨 푹 자도 좋고, 아무것도 하지

않은 채 하루 종일 멍하게 있는 것도 좋다. 아니면 평소 좋아하는 맛있는 음식을 마음껏 먹거나, 좋아하는 바다를 보러 무작정 떠나는 것도 좋다. 복잡한 고민과 문제들에서 벗어나 내가 원하는 휴식을 충분히 누리자. 대부분의 문제들은 휴식을 취하고 나면, 별것 아니거나 의외로 쉽게 풀리는 경우가 많다. 그러니 지금은 다 제쳐 두고 그냥 쉬자, 아무 조건 없이.

나를 조각하는 것

봄이 시작되고 지독한 감기에 걸렸다. 열이 39도를 넘어서기 시작하며 온몸에 식은땀이 흐르고 정신이 혼미해, 앞이 잘 보이지 않을 정도였다. 차츰 열은 떨어지는데 목감기가 심하게 말썽을 부렸다. 수없이 반복되는 기침에 몸살이 찾아왔고 온몸에 통증이 심했다.

3년 전만 해도 아파도 병원은 가지 않았고, 혹여나 가더라도 처방받은 약도 잘 챙겨먹지 않던 내가, 심한 감기에 두 손 두 발 다 들고 병원을 찾았다. 또 약을 먹기 위해 없는 입맛에도 때에 맞춰 밥을 챙겨 먹기까지 했다.

불과 몇 년 사이, 참 많은 것이 변했다. 예전에는 나에게 맞지 않는 작은 신발도 신고 싶으면 발을 구겨 넣어서라도 신었고, 영하로 떨어진 추운 날씨에도 반바지만 입은 채 눈 위를 뛰어다녔다.

하지만 지금은 나에게 맞지 않는 신발은 아예 신어 볼 생각조차 하지 않고, 조금만 추워져도 기모 바지에 몇 겹의 옷을 껴입는다.

생각해 보면 삶과 사람 관계도 늘 그랬다. 상황에 맞춰 억지로 끼워 맞추기도 하고 변하기도 한다. 세모난 사람들과 어울리기 위해 동그랗던 나를 억지로 구기기도 했고 그게 안 되면 잘라 내기도 했다.

누군가와 어울리기 위해 나의 참모습을 버리고 거짓된 나를 만들어 생활했다. 그렇게 살다보니 깎여 나간 만큼의 공허함이 나를 짓눌러 버렸다. 정작 쳐 내야 할 부분들을 쳐 내지 못해, 그에 따른 잘못된 일들이 사소한 감기 바이러스처럼 내게 시도 때도 없이 찾아와 괴롭혔고, 가지고 있어야 할 조각들을 깎아 내어 다시 찾아다니느라 진을 빼게 만들었다.

요즈음 나는 찾아낸 조각들을 깨끗하게 닦아 다시 모양을 만들어 나가고 있다. 다른 사람처럼 나를 만드는 것이 아니라, 다시는 부서지지 않도록 단단한 나를 만들어 나가고 싶다. 남을 위한 내가 아닌, 나를 위한 나를.

생일 축하해, 유하야!

오늘은 유하의 생일이다. 며칠 전, 오랜만에 만난 유하는 더 성장해 있었다. 전보다 말도 늘었고, 자신의 감정 표현도 뚜렷해졌다. 그런 유하를 보자 다음에 만나면 붉은 동백꽃을 주리라 다짐했다. 사랑스럽게 부풀어 오른 꽃잎이 딱 유하의 볼과 닮았기 때문이다. 아이의 맑은 눈동자에 비치는 내 모습은 유난히 슬퍼보였다. 슬픔이 짙게 배인 내 얼굴을 보며 아이는 무슨 생각을 했을까. 함께하는 시간이 끝나가자 마음이 초조해졌다.

평소에는 예쁜 모습으로 낮잠을 자던 유하가 애써 잠을 참는 모습을 보니 숨이 턱 막힌다. 나와 함께할 수 있는 시간이 짧다는 것을 느낀 것일까. 쓸쓸함이 온몸을 휘감는다. 감정적으로 힘들었을 때에는 내게 폭 안겨 칭얼대는 모습을 보는 것이 너무 힘들고 지쳤는데, 어느덧 내 감정도 많이 치유되었는지, 마냥 예쁘고 사랑스러웠다.

유하로 인해 참 많은 것을 얻었다. 때 묻지 않은 빛나는 사랑과 새로운 우정, 어디 가서도 배우지 못할 인내와 현명함. 그리고 무엇보다 다시 되돌릴 수 없는 함께하고 있는 이 시간들.

엄마라는 이름 아래 견뎌야 할 삶의 무게를
온전히 버텨낼 수 있었던 건,
오로지 우리 유하 덕분이야.
이 세상에서 내게 진심을 알려 주어 고마워.

비록 힘든 시간도 있었지만,
이 시간조차 나중에는 웃으며 이야기할 수 있는
추억으로 남았으면 좋겠어.

내 몸에 새겨진 너의 이름과 너의 문신처럼
너는 늘 내 품에서 영원히 함께할 거야.

동백의 꽃말은

'그 누구보다도 당신을 사랑합니다'래.

나는 그 누구보다도 우리 유하를 사랑해.

고마워, 나의 아이로 태어나줘서.

그리고 생일 축하해!

불완전한 것들의 기록

그대로의 일상

건조한 날씨에 따끔거리는 목을 느끼며 잠에서 깼다. 새벽 여섯 시였다. 시원하게 물을 마시고 다시 누워 잠을 청하려는데 도통 잠이 오지 않았다. 그렇게 뜬 눈으로 두어 시간을 보내고 나서야 자리를 털고 일어났다. 청소를 하고 빨래를 돌리고 난 뒤에 창밖을 바라보았다. 푸른 하늘, 시원한 바람, 날씨가 아주 좋았다. 그래서 편안한 옷차림에 모자를 푹 눌러쓰고는 밖으로 향했다.

　　음악을 들으면서 천천히 길을 따라 걷기 시작했다. 평소에도 날씨가 좋으면 잠실에서 강남까지 걷곤 했다. 그만큼 걷는 것을 좋아한다. 마음을 가득 채우는 음악 소리, 바람, 햇빛… 모든 게 완벽했다. 지나갈 때마다 마주치는 사람들 모두 기분이 좋은지, 보기 좋은 미소를 짓고 있었다.

　　아무것도 가진 것이 없다고 생각했는데, 나는

참 많은 것들을 가지고 있음을 깨달았다. 좋은 음악과 사랑하는 사람들의 목소리를 귀에 담을 수 있는 것, 자연이 만들어 낸 소리를 들을 수 있는 것과 내 피부에 닿는 바람의 숨결까지, 전부 내가 가질 수 있는 것이다.

지금까지 일상의 모든 순간을 너무도 당연하게 생각해 왔다. 늘 나는 다가오지 않은 당장 1초의 미래가 두려운 사람이었다. 늘 불안에 떨며 어떻게든 스스로를 합리화하려 했고, 늘 무언가에 쫓기듯 주변을 둘러 볼 여유조차 없었다. 그저 잠시만 멈춰 서면 이렇게 아름다운 순간이 날 기다리고 있는데, 무엇이 그렇게 두렵고 불안해서 힘들어했을까. 굳게 닫혀 있던 마음이 열리면서 시원한 바람이 먼지들을 걷어 냈고, 그제야 비로소 하나하나 보이기 시작했다. 평범한 일상이 얼마나 소중하고 아름다운 것인지.

유창목

나는 늘 생각이 많은 사람이었다. 그래서 한 번의 선택으로 인해 마음이 뒤틀릴 때마다 수많은 생각들이 머릿속에 꼬이고 꼬여 풀어낼 수 없을 만큼 복잡해져 나를 괴롭혔다. 없던 식욕마저 떨어지고, 몸은 뼈의 윤곽이 드러날 만큼 말라가기 시작했다. 특히 평생을 달고 살았던 위장장애가 심각했다. 어느 날은 횡단보도에서 쓰러진 적도 있었다.

보통 많은 문제들이 '사람'과의 관계에서 발생했다. 나는 사랑을 많이 받지 못하고 자라서인지, 사람들에게 사랑을 주어야 한다는 심적 부담감이 많았다. 그래서 부담을 떠안으면서까지 쉽게 사람을 끊지 못했다. 이 사람이 내게 도움이 되지 않는, 나를 갉아 먹고 있는 사람일지언정 결국 사람에 의해 질질 끌려다니기 일쑤였고, 내 인생은 내가 주체가 아니라 언제든 사람들이 일으키는 바람에 속수무책으로 흔들려 휘청거렸다.

결국 내 스스로 뿌리를 단단하게 내려 지탱하고 있지 않으면 또다시 흔들리게 될 거라는 걸 잘 알고 있다. 나는 가장 단단한 나무이자 생명의 나무인 '유창목'이 되기 위해 단단하게 뿌리 내리는 연습을 하고 있다. 그렇게 온전히 뿌리가 자리를 잡고 커 가면, 불필요한 가지는 치고 필요한 것에 집중할 것이다. 어떤 바람에도 이끌려 다니지 않고 내 자리를 묵묵하게 지킬 수 있는 유창목 같은 든든한 사람이 되기 위해.

길의 끝 해피엔딩

만약 내 삶이 한 권의 책으로 담겨져 있다면, 그래서 그 책을 보게 된다면 어떨까. 누군가는 마지막 페이지를 펼쳐 볼 것이고, 누군가는 당장의 앞날이 담긴 페이지를 펼쳐 볼지도 모른다. 하지만 나는 절대 펼쳐 보고 싶지 않다. 내 앞날을 미리 알게 된다고 해서 무엇이 달라질 수 있을까.

5년 후, 내가 교통사고를 당하게 된다고 하자. 물론 그 사실을 미리 알고 있다면, 그날의 사고를 피할 수도 있겠지만, 이미 삶이 정해져 있다면 피하고 싶다고 해서 피할 수 있을까? 오히려 그 사실이 살아가는 내내 나를 괴롭히는 탓에 튀어나오는 차만 보아도 경기를 일으켜 신경쇠약증에 걸릴지도 모른다. 또한 이미 책에 쓰인 운명을 바꾼다고 해서 내 삶이 다시 새롭게 쓰일 수 있을까.

인생이 이미 정해져 있는 길을 따라 가는 것이라고 하면, 참으로 시시하고 재미없는 삶이 될 것이다. 인생은 예상치 못한 인연과 사건들로 인해 여러 번 길을 헤매기도 하고, 여러 갈림길에서 고민하고 선택하며 자신의 길을 만들어 나가는 것이고, 성장은 스쳐 가는 수많은 인연과 경험, 좌절을 겪어 내는 것이다.

그때 그런 선택을 하지 않았더라면, 그날 그곳에서 그 사람을 만나지 않았더라면….

인생을 살아가면서 무수히 많은 후회와 미련을 안고 살아가는 것이 삶이다. 다른 선택을 하지 않았다고 해서 과연 후회가 없을까. 가보지 않은 길에 대한 미련은 끝내 모르는 일이라 더 아쉬울 뿐, 후회가 없으리란 보장도 없다. 그저 내가 선택한 것에 대해 책임을 지고, 그 선택을 받아들이는 것만이 내가 할 수 있는 일이다. 그것만이 내 삶을 온전히 스스로 만들어 갈 수 있는 길이 될 것이다. 자기 자신을 믿고, 원하는 대로 당당하게 걸어가자. 결국 길의 끝에서 모두 해피엔딩을 맞이할 수 있기를.

생각의 차이

짙은 어둠이 내린 밤, 운전을 하며 집으로 돌아오는 길에 보이는 야경에 넋을 놓았다. 멀리 보이는 높은 아파트에서 새어 나오는 불빛들이 별처럼 보였고, 어두운 고속도로의 길이 마치 우주처럼 느껴졌다. 언젠가 꼭 한 번 우주에 가보고 싶다던 어릴 적 막연하게 생각했던 것이 오늘 내게 이루어졌다.

결국 모든 것은 내가 어떻게 마음먹느냐에 따라 다르게 보인다는 것을 느꼈다. 이루지 못할 것만 같았던 꿈조차 다른 관점으로 바라보니 이렇게 우주에 온 것 같지 않은가.

사람들에게 종이 한 조각을 나누어 준다고 했을 때, 누군가는 별것 아닌 쓰레기라 생각하며 버릴 것이고, 누군가는 그 종이를 접어 새로운 것을 만들어 낼 것이고, 또 누군가는 그곳에 그림을 그려 넣을 것이다. 이처럼 내가 어떻게 마음먹느냐에 따라 내가 가진 모든 것이 달라질 수 있다. 평소 길게만 느껴지던 이 거리가 끝이 보이는 것이 아쉬울 만큼 아름다운 우주가 되어 준 것처럼.

아버지

아버지, 저는 당신이 참으로 미웠습니다. 우리의 좁혀지지 않는 관계들 틈에서 비집고 나온 좋지 않은 감정들이 우리를 더 멀게 만들었던 것일까요. 저를 손찌검하는 당신을 바라보며, 제게 당신은 그 어떤 것보다 무서운, 공포의 존재였습니다. 이제 와서 돌이켜보면 아버지를 용서해야겠다는 마음이 필요한 것이 아니라, 아버지를 이해하는 마음이 필요했던 것 같습니다.

불타버린 저의 어린 시절 사진 속 아버지는, 저를 참으로 사랑하는 것이 보였었는데 너무 슬프게도 그 기억들이 점점 멀어져 갑니다. 학창시절의 저는 아버지를 이해하기엔 참으로 어리고 미숙했습니다. 일찍 여읜 아버지 덕에 홀로 사 남매를 키워야 하는 어머니 밑에서 맏아들로서의 책임감은 부담감이 되어 당신을 절벽으로 밀어 넣었을 것입니다. 당신을 이해하고 보듬어 줄 사람이 과연 세상에 몇이나 있었을까요.

　아버지, 저는 당신을 이제야 이해하고 용서를 구하고 싶습니다. 작아진 당신의 어깨와 까맣게 타버린 피부, 그리고 마른 몸을 보면 마음이 미어집니다.

　어릴 적 아버지는 저희와 놀아줄 시간이 없을 만큼 바빴지요. 저는 그 모든 것이 당신 스스로를 위한 노동인 줄만 알았습니다. 헌데 아버지는 자신을 불태우고 건강까지 상해가며 가족들을 위해 살아간다는 것을 너무 뒤늦게 깨달았습니다.

　늘 무서움의 대상이었던 아버지가, 이젠 보듬어드리고 싶고 이해하고 싶은 사람이 되었다는 마음을 알아 주었으면 좋겠습니다. 날 수 있어도 날지를 아니한 당신의 뒤를 이어 제가 스스로를

다듬고 아버지를 꼬옥 안아드리고 싶습니다. 이
제라도 저와 많은 이야기를 나누었으면 좋겠습
니다.

그녀의 성장

최근 딸 유하가 말이 많이 늘었다. 태어나서도 유난히 옹알이를 많이 하곤 했다. 마치 갓 태어난 병아리가 삐약삐약 하는 소리 같아 귀여워 어쩔 줄 몰랐던 것이 엊그제 같은데, 벌써 이렇게 커서 본인의 감정을 서툴게나마 표현할 줄 아는 어엿한 어린이로 성장 중이라니.

또래 친구들보다 말이 빠른 편이라 이해력도 빠른데, 가끔은 분명히 다 알아들었는데 하지 말라는 것을 굳이 찾아내 하는 걸 볼 때면, 귀여우면서도 얄미울 때도 있다.

과거의 나도 분명히 거쳐 온 성장 과정일 텐데, 하루가 다르게 빠르게 성장하는 아이를 보고 있으면, 인생이라는 영화를 몇 배속으로 빠르게 돌려 보는 기분이다. 팔꿈치에서 손가락까지 오던 유하의 키는 어느새 훌쩍 커 내 골반 가까이에 다다랐다. 성장해 가는 유하를 볼 때마다 말로 다

할 수 없는 벅찬 감정을 느낀다.

유하를 보며 다시금 깨닫는다. 모성은 소유하려는 것이 아니라 지켜보는 것임을. 내 배 속에서 태어났다고 해서 내 마음대로 지시하고 소유하려 해서는 안 된다. 아이는 부모를 선택하지 못한 채, 부모의 선택으로 태어났다. 그러므로 내 아이에게 부모로서 해 줄 수 있는 것은 그저 아이를 지켜보고 사랑해 주며, 더 나은 길로 나아갈 수 있도록 그녀의 성장을 도와주는 것이다.

© 이태호

빛이 아닌 빛

타투이스트로 살아간다는 것은 금전적으로도 여유롭지 못하지만 이와 함께 신체적으로도 고통이 많다. 일을 마치고 집으로 돌아와 부서질 듯한 허리를 부여잡고 끙끙 앓고 있으면, 함께 살고 있는 언니가 일을 마치고 집에 와 내 허리를 꾹꾹- 눌러준다. 그럼 그제야 조금 가라앉는 통증을 느끼며 잠에 든다.

무책임할 수도 있지만, 이 일을 그만두고 싶었던 적도 있다. 여러 고비가 찾아왔고, 정말 놓아버리고 싶을 정도로 힘들었으니까. 그때 같은 일을 하고 있는 친구에게 엉엉 울며 고민 상담을 했다.

그 당시 나는 눈은 높았지만, 실력은 높은 눈을 따라가지 못해 굉장한 괴리감을 느끼고 있었다. 좋은 선생님을 만나 버티고 있었지만, 이마저도 곧 무너질 것 같았다. 그때 그 친구는 내게 그림을 배우는 것이 어떻겠느냐며 선뜻 두 달 동안 수강료를 내 주겠다고 했다. 사람 마음이, 단 돈 천 원이라도 이득 없이 쓰기란 어려운 법인데, 한 달에 80만 원이나 하는 수강료를 두 달이나 내주겠다니. 아무것도 바라지 않고 본인이 가진 것을 내어 준다는 게 과연 쉬운 일일까.

그녀가 내게 준 것은 빚이 아닌 빛이었다. 아주 작지만 곧 커다랗게 빛이 날 내 미래의 모습과도 같은 빛.

메시지

수없이 쌓이는 메시지를 안 보기 시작한 지 꽤 되었다. 익명에 가려져 입에 담을 수도 없는 말이 담긴 메시지를 볼 때면 다잡았던 마음이 순식간에 무너져 내리고 만다. 매일같이 날이 서 있는 거울 속 내 모습을 마주할 때면 가슴 아팠다. 인터넷에 오르내리는 내 이름과 사진, 그리고 조롱하는 글과 댓글들.

읽지도 않고 쌓여 가는 메시지들 중 내가 유일하게 보고 저장해 놓는 메시지가 있다. 진심이 담긴 자신의 이야기와 함께 나로 인해 문신에 대한 인식이 변했고 용기를 얻게 되었다는 메시지다. 아무리 모르는 사람이라도 자신의 속내를 이야기한다는 것이 얼마나 어려운 일인지 잘 알고 있다. 그렇기 때문에 진심을 보내 주는 메시지는 내게 살아가는 원동력이 된다.

때때로 사람에 지치고 힘이 들 때면, 다시금

이 메시지들을 꺼내 읽는다. 누군가 내 심장을 꽉 움켜쥐고 있어 숨이 턱 막히는 기분이었는데, 메시지를 읽는 순간 조금씩 숨통이 트이는 것 같다.

내게 이제 다른 길은 없다. 이미 시작된 내 길을 그저 묵묵히 견디고 싸워 이겨낼 수밖에 없다. 다른 사람에게 힘이 되려면, 내가 힘이 있어야 하니까.

틀린 것과 다른 것

늘 지나가는 사람들의 시선이 내게 꽂힌다. 처음엔 익숙하지 않던 것들에 점차 익숙해진다. 인간은 적응의 동물이라고 했던가.

내 몸에는 많은 문신이 새겨져 있다. 문신이 없는 대다수 사람들의 눈에는 내가 신기하기도, 혐오스럽기도 하겠지.

특히나 여전히 많은 사람들이 '문신'을 범죄와 동일 선상에서 생각하는 경우가 많다. 문신을 신체에 새김으로써 남에게 겁을 주는 하나의 수단으로 사용하는 사람들이 꽤 많이 존재하니까.

SNS에서 내게 많이 달린 댓글 중 기억나는 문장이 있다. '문신을 한 사람을 전부 나쁘다고 말할 수는 없겠지만, 나쁜 행동을 하는 사람들은 전부 문신이 있다.'라는 문장이었다.

사람들 사이에서 떠들썩한 사건의 가해자 대

부분은 문신이 있거나, 흉악범의 상징인 몸에 칼로 낸 흉터 자국을 생각하지만, 의외로 범죄자는 주변에서 흔히 볼 수 있는 평범한 인상을 가지고 있는 경우가 많다.

누군가 길거리에 쓰레기를 무단 투기하면, "저 사람 나빴네."가 되지만, 문신이 있는 사람이 무단 투기하면, "역시 그럴 줄 알았어."가 된다. 씁쓸하지만, 내가 직업으로 삼고 있는 이 길이 틀리지 않았다는 것을 증명해 내고 싶다.

문신이 있는 것은 틀린 것이 아니라,
다른 것일 뿐이다.

© 김혜정

해방

© 김혜정

아무것도 걸치지 않은 상태로 침대에 누워 있는 것을 좋아한다. 그 어느 것에도 구속받지 않고, 자유로운 느낌. 살결에 닿는 이불의 감촉이 그저 포근하기만 하다.

출산 후 벌어진 갈비뼈가 신경이 쓰여, 꽉 조이는 3xs 사이즈의 코르셋을 한 달간 착용하며 그 어느 것도 걸치지 않는 것이 편하다는 것을 느꼈다.

평소에 큰 사이즈의 옷을 즐겨 입기 때문에 브라는 입지 않고 다니는 버릇이 있는데, 이도 하나의 자유로움이었다.

나를 얽매이게 하는 것으로부터의 해방.
이제 마음만이 남았다.

안리나

© 김해정

내 몸에 처음으로 한 문신은 내 이름 '안리나'
다. 원래 어머니의 이름을 새기려고 했는데 부모
님의 이름을 몸에 새기면 빨리 돌아가신다는 미
신을 듣고는, 이내 내 이름을 새겼다. 그 문신을
기점으로 하나씩 몸에 새긴 그림에는 많은 기억
과 의미가 담겨 있다.

대개 내 몸에 있는 많은 문신을 보고 궁금해
하곤 하는데, 의외로 이유는 단순하다. 내게 문신
을 받으러 오는 분에게 각 부위마다 문신을 받을
때의 고통을 알려드리기 위해 얼굴을 제외하고
온몸에 문신을 새기기로 마음먹었다. 물론 개인
차가 있기 때문에 같은 부위라고 해도 같은 고통
을 느끼는 것은 아니지만, 그래도 그 부위에 문신
을 받아본 경험자로서 함께 공감하고 조언을 해
줄 수 있기 때문이다. 단순한 이유지만, 나를 믿
고 내게 문신을 받으러 오는 분에게 조금이나마

도움이 되었으면 하는 마음에서다. 온몸이 채워지는 순간이 오면 좀 더 상세하게 정리해 표를 만들 생각이다. 지극히 개인적인 신체부위별 고통 순위표라 하겠다.

완성될 때쯤에 나는 어떤 사람이 되어 있을까. 현재의 나는 미래의 나를 위해 존재한다.

안리나가 되고 싶은 안리나로서.

© 김혜정

비가 잔뜩 온 뒤 거짓말 같게도 먹구름이 금방 개었다. 내 눈에 담긴 하늘은 눈물이 나도록 빛이 나고 있었다. 어여쁜 구름이 몽실몽실 피어올랐고, 그 틈에서 열기구가 푸른 바다에 뛰어들었다. 하늘에 홀로 덩그러니 떠 있는 모습마저 행복해 보였다.

오늘, 빈틈없이 꽉 닫혀 미로처럼 얽혀 있던 마음이 한순간에 풀어졌다. 매일 보는 하늘이지만, 하늘은 매 순간 나를 다르게 맞이했다. 우울한 나를 한없이 우울하게도, 행복한 나를 한없이 행복하게도 만들었다. 어떤 감정이든 이 아름답게 흩뿌려진 하늘에서는 전부 받아들일 수 있을 것만 같다.

　가끔은 목화솜처럼 피어올라 있는 구름에 내 마음을 한가득 담아 비를 내리고 싶다. 비를 뿌린 뒤 피어오르는 아름다운 무지개를 만들어 내고 싶다. 나는 오늘 내 마음에 피어난 무지개를 모두에게 보여 주고 싶다. 그렇게 따뜻함을 안겨주고 싶다.

불완전한 것들의 기록

초판 1쇄 발행 2020년 08월 31일

지은이 안리나
펴낸이 김기용 김상현

편집 전수현　**디자인** 이현진
마케팅 박혜진 염시종 최의범

펴낸곳 필름(Feelm) 출판사
등록번호 제2019-000086호　**등록일자** 2016년 6월 13일
주소 서울시 마포구 월드컵북로5가길 31, 2층 (서교동 447-9)
전화 070-8810-6304　**팩스** 070-7614-8226
이메일 office@feelmgroup.com

필름출판사 '우리의 이야기는 영화다'

우리는 작가의 문체와 색을 온전하게 담아낼 수 있는 방법을 고민하며 책을 펴내고 있습니다.
스쳐가는 일상을 기록하는 당신의 시선 그리고 시선 속 삶의 풍경을 책에 상영하고 싶습니다.

홈페이지 feelmgroup.com　**인스타그램** instagram.com/feelmbook

ISBN 979-11-88469-60-4 (03810)

- 이 책 내용의 일부 또는 전부를 재사용하려면 반드시 필름출판사의 동의를 얻어야 합니다.
- 책값은 뒤표지에 있습니다. 잘못 만들어진 책은 구입처에서 교환해 드립니다.
- 이 도서의 국립중앙도서관 출판예정도서목록(CIP)은 서지정보유통지원시스템
  홈페이지(http://seoji.nl.go.kr)와 국가자료종합목록시스템
  (http://www.nl.go.kr/kolisnet)에서 이용하실 수 있습니다(CIP제어번호 : CIP2020031639).